오후 세 시의 하늘

권화빈 시집

學而思 | 학이사

시인의 말

내 시를 읽는 독자에게

자고로 내 시는 쉽다
절대 어렵게 생각하지 말기 바란다
너무 깊게 언어의 지층으로 내려가
언어의 살을 파먹지 말기 바란다
그건
독자에게 주는 예의는 아니니까
그러나 그러나
시를 읽는 독자여
내 시를 읽거든
딱, 하루만 울어다오
그래도 나는
시를 쓰기 위해
몇 날 며칠 밤은 울었으니까

2018년 가을, 문수 시마을에서
권 화 빈

차례

제1부 청산댁 그 여자

봄날은 간다 제2부

제3부 63살 아이, 나의 누이

선운사 동백 한 그루 제4부

제1부

청산댁 그 여자

제주도
- 4.3에 부처

그래,
여기서는 온통
섬 하나가 통곡이다

흙 한 줌
돌 하나
바람 한 점 함부로
건드리지 말거라

한라에서 서귀포까지
서귀포에서 한라까지

오늘도 잠 못 들어
저 푸른 바다 뱃길을 가로막는
피맺힌 남도南島의
울음소리

누가 보았느냐
누가 들었느냐

누가 말하였느냐

그래,
여기는 아직도
끝나지 않은 고문의 땅

이 땅의 시인들아
여기서는 제발
그 알량한 서정시는 쓰지 말거라

둥근 상처를 위한 메모

오늘 아침 프라이팬에 덴 상처가
깊고 쓰리다
순간순간
물집이 되어 부풀어오르는
너의 말도 그렇다

이젠 좀 둥글었으면 좋겠다

이 가을에는

이 가을에는

사람이 사람을 사랑하게 하소서

단 한 사람도 삐지지 않게 하소서

주객전도

살다보니

내가 삶을
끌고 다니는 게 아니라

삶이
나를 끌고 다닌다

쯧쯧, 세 치 혀를 차면서도
찍소리 한 번 내지 못한다

아아, 속수무책이다

청산댁 그 여자

그 女子,
죽어서도
입술 멈추지 않는다

씨버럴, 지기미, 개지랄…

끝까지
제 人生 그렇게
욕되게 살다 간다

달빛 내린 으스스한 밤,
그 女子 무덤
윗입술처럼
달싹달싹거린다

끝순네

약속하지 않아도
그곳에 가면 만날 수 있다

영주시 하망동
성당 뒷골목

주인 아지매 얼굴이
부처 뺨친다

마시지 않아도
끝내는 순하게 취해서
걸어 나오는 집

섬

섬은 혼자 있어서 외로운 게 아니다

아무도 찾지 않기 때문에 외로운 것이다

사람도 사람의 향기를 잃어버리면 섬이 된다

옆모습

나는 사람의
앞모습보다
옆모습을 더 사랑한다

어제도 그랬고
오늘도 그렇고
또 내일도 그럴 것이다

옆모습이
늘
앞모습보다
눈물 냄새가 나기 때문이다

라면을 끓이듯

라면을 끓이듯
삶을 끓이자
스프는 너무 일찍 넣지 말고
좀 기다렸다
물이 끓은 후 넣을 것
좀 더 맛을 낼려면
총총총 양파를 썰면서
눈물 몇 방울도 집어넣을 것
냄비가 좀 찌그러졌으면 어떻고
꼬질꼬질 손때가 좀 묻었으면 어떠랴
툭, 식탁 모서리를 쳐
계란도 하나 깨어 넣으며
물러나 느긋하게 기다리는 법도 알아둬야지
너무 오래 냄새에 취하지도 말고
보글보글
다만 익는 때를 놓치지 말 것

라면이 끓듯
우리네 인생을 끓이자

노후와 사후

그는 노후를 위해
땅을 사고
나는 사후를 위해
詩를 쓴다

똑같이
이 세상 살아가다가

누가
비석에 이름 석 자
새겨질 것인가

어떤 몰입

한 아이가 잠자리채를 들고
가만가만 다가선다
고추잠자리 한 마리
단풍나무 잎새에 숨어
한쪽 눈만 감은 채
꼼짝 않는다
머리 위론 더 시퍼렇게
물이 드는 오후 세 시의 하늘

반성

앞을 보면
할 일이 너무 많은데
돌아보면
한 일이 너무 없다
내 밥줄에 내가 묶여
견딜 수 없는 날들이
더 많았다

고개 숙여 오늘 또 이렇게
한 줄 詩를 적는 밤!

유언

무슨
할 말이 더 있나
이제끔
빚 한 푼 없이 잘 쉬었으니
저 세상에서
다시 보게나
자네도
세상에 너무 빚지지 말고
저 세상에서도
갚을 만큼만 살다 오게
그럼
그때까지
잘 눌러있다 오게
요리조리
너무 눈알 굴리지 말고

나이들수록

나이들수록
나이들수록
끔찍하여라

아, 글쎄
나이들수록
끔찍하여라

이태도록
끔찍한 일 한번 못했으니!

아아 끔찍하여라
나이들수록
밥알만
똥통에 소복 쌓이니!

고통 한 줌

고통은
나를 새싹처럼 움트게 한다
고통은 살아서
나를 꽃피게 하고
물고기 비늘처럼 나를
반짝반짝 빛나게 한다
오늘 아침 고통 한 줌
내 목덜미를 덥석
물었다 놓는다

파리

여름 한철
파리는 파리 목숨이다
숱 생애를 똥통에서 마다않고 지내다가
마침내 에프킬라 앞에서
뽕 가며
마지막으로 파리하게 외쳐댄다.
아아, 부질없는 人間들아!
- 산다는 게
다 파리 목숨이다

제2부

봄날은 간다

소나기 길

가던 길 멈출 수는 없었다
피할 곳도 잠시 머물 곳도 주지 않았다
거친 비바람에 밀려
옥수수 푸른 대궁도 아카시아 굵은 가지도
마구 쓰러지고 부러졌다
그래도 우리는
가던 길 더는 멈출 수 없다
돌부리에 채여 넘어지고 무릎이 으깨어질지라도
우리의 발길 단 한 걸음도 예서 그칠 수 없다
물러설 곳도 없다
돌아갈 길도 없다
질러갈 길은 더더욱 없다
그래, 가야 한다 가야만 한다
우리 걷는 이 길이 천 길 낭떠러지일지라도
두 눈 부릅뜨고
오늘은 내가 소나기 되어 걸어야겠다

빈집

개미들만
까맣게
줄지어간다

듬성듬성
깨어진 장독대 사이
노란 애기똥풀만

건넌방 할미처럼
빼꼼 고갤 내민다

무너진 흙돌담
어깨를 늘어뜨린
호박 한 덩이 -

끝까지
제 生을 부여잡고
안절부절 아직도 팔이 아프다

파도에게

살다가
삶 앞에 무릎 꿇고 싶은 날
난 밤 기차를 타고
동해 푸른 바다에 갔었네
파도는 오늘도
무슨 말 한마디 꼭 전하고 싶어
모래톱과 바다를 두들기고 있었지
그래, 그래 파도야
오늘 밤 나도 한 말씀 하자

- 인생은 '저주' 아니면 '축복'
'축복' 아니면 '저주'

그 중간은 없네

울어야 할 반듯한 이유

내겐 매일매일이 그날이고 그날이다
내겐 매일매일이 그날이 아니고
그날이 아니다
이 단순하고 명쾌한 한 줄이
오늘 저녁 나를 울게 한다

부의賻儀

친구 부친상에 갔다
빈 봉투를 불어
넣던 돈 절반을 덜고
다시 슬쩍 봉투에 밀어 넣는다
절름발이 저녁 봄비는
아득히 그칠 줄 모르고
잡았던 친구 손 놓고
돌아서면 그만,
신발장에 놓인 신발이
나보다 먼저 걸어 나가
봄비 속에 떠내려가고 있었다

시어터진 내가 둥둥 떠내려가고 있었다

담쟁이를 바라보며

오늘 하루만 살려고
그토록 발버둥 치며 담쟁이는
담을 기어오르지 않는다
누군가 목덜미를 잡아 끌어내리려 해도
그 자리에서 끄떡없다
담쟁이는 제 가는 길이 천직임을 안다
담장이 울퉁불퉁 해도 함부로 탓하지 않는다
제 온몸이 비틀려도
제 갈 길을 멈추지 않는다
푸르게 푸르게 제 삶을 꾸리며
오늘도 쉬지 않고 앞으로 앞으로만 나아가고 있다

운韻, 김삿갓지묘

살아 온 生에 비해

그의 무덤이 너무 크다

멋쩍게 비켜 선 비석을 들여다보다가

찬바람 일렁이는

그의 빈 밥그릇을 생각했다

사람들아, 잊지 말라

살아생전 따뜻한 밥 한 그릇 -

멀리 나뭇가지 사이로

아직도 그의 쓴 웃음소리 들려오고

무덤 앞

늦은 봄 햇살 아래 쪼그리고 앉아

이제 막 돋은 잔디를 쪼는 새 한 마리

봄날은 간다

창밖에

봄이 와도

어머니 봄날은 없다

다리 접어 꼼짝달싹 못 하시고

10 평 방 안이 세상의 시작이고 끝이다

꽃이 피었는지

바람이 부는지

오늘도 산 너머 하늘이

푸르른지는

오직 신神만이 아는 일이다

보름달

무거운지
산등성이에 누런 엉덩이를 꺼내놓고
꼼짝 않는다

쉬-를 보려나!

누래진 마음이 보름달보다 크게 부풀어 오른다

검은 소나무 숲 사시나무 몇 그루
엉덩이를 꽉 부여잡고
도대체 놓아주질 않는다

슬렁슬렁
구름에 가려지는 달

산다는 것

꽃이 핀다
순간이다

꽃이 진다
순간이다

보아라,
산다는 것
순간이다

순간의 순간이다

그 틈이다

편지

- 식에게

사는 일이 더 바빠
너에게 편지 한 줄
못 썼다, 식아

미안타,

나는 아직 고것밖에 안 된다

담장 옆엔
어느새
백목련 두어 송이
눈을 흘기고

모른다

나는 아직 모른다
그가 누구인지
여기 이사 와서 산 지 벌써
3년

우리 집 장미꽃이나
어린 감나무에 물은 주면서도
그와 사귀는 걸 그만 잊고 살았다

담 하나를 사이에 두고
우리는 모두 고슴도치처럼
안으로만 웅크리고 살았다

그가 무얼 하는지
그의 이름이 무엇인지
그의 아이들이 몇인지
그런 건 전혀 관심 밖의 일이었다

그렇게 우리는 모두 아무것도 아니었다

그저 스쳐 지나가는 얼굴들일 뿐
하늘이 왜 저렇게
맑고 푸른지 모르고 지냈다

아직 나는 모른다
우리가 누구인지
이리로 이사 와서 산 지 벌써
3년

흐리면 흐릴수록 나뭇잎은

날이 흐려질수록
나뭇잎들은 더욱 푸르러진다
짙은 구름 속에 숨겨진 햇살을
보고 있기 때문이다
날이 흐리면 흐릴수록
나무는 마구 가지를 흔들어
제 나뭇잎을 잠 못 들게 한다
반짝 해가 들면
저들의 그늘 만들어야 함을 알기 때문이다
날이 흐리면 흐릴수록
나뭇잎들은 스스로 저희들 어깨와 등을 어루만져 준다
곧 바람이 불어
구름이 벗겨질 것을 믿기 때문이다
모질고 거친 세상
갈수록
사람 냄새 그리워지듯
날이 흐려지면 흐려질수록
나뭇잎들은 제 이파리를 더욱 시퍼렇게 펼쳐 보인다

모범적

시대가 난세일수록
모범적으로 산다는 게 훨씬
어렵게 되었다
아이들에게 눈깔사탕이나
빨리면서
이렇게 살아라 하기에도
이미 내가 너무 초라해져버렸다
어떻게 살아야
난세를 피하며
어떻게 살아야 가장 모범적일 수 있을까
아이들아,
이 생각을 하면
나는 문득 가슴이 무너지는데
겨울 건넌
먼 들판엔 벌써 새순이 파릇파릇

달라졌다

도시에서 살던 한 詩人이
시골로 이사를 오면서
시골이 달라지기 시작했다
길가 버려졌던 텃밭이
詩를 쓰기 시작했다
텃밭의 개미와 벌레가
詩를 쓰기 시작했다
들판도 詩를 쓰기 시작했다
앞산과 뒷산도 詩를 쓰기 시작했다
조용하던 간이역도
닫힌 집의 문고리도
담장을 기어오르던 누런 호박도
달리던 기차도 형님 집 뒤 시냇물도
흰둥이가 컹컹대는
귀뚜라미 우는 달밤도 詩를 쓰기 시작했다
詩人이 주섬주섬 마을을 걷기 시작하면
풀들도 가만 숨을 죽이고
논에서 뛰놀던 메뚜기도 뜀뛰기를 그치고
산 넘어 가던 구름도 잠시 날개를 접었다

도시에서 살던 한 詩人이
시골로 내려와 숨을 쉬기 시작하면서
이윽고 하늘에 계신 하느님도 눈을 비비며
詩人의 눈동자를 들여다보기 시작했다

게

똑바로 간다는 것이
자꾸 옆으로만 간다
먼 바다 개펄
진창에 대가리를 부비며
땀 철철 흘리며 가는
게를 본다

- 아아 그래
게 같은 나의 삶 -

똑바로 산다는 게
그만
자꾸 옆으로 옆으로만 간다
그래그래
아아, 게여!
나의 배후背後여

제3부

63살 아이, 나의 누이

양생기兩生記

밤늦게
방 천장이 달그락거린다
이불 깔고 누워 있으면
벌써 코에서 쥐똥냄새가 요동친다
발딱 일어나
효자손 콱 움켜쥐고
천장을 두드려도
쥐새끼는 쥐새끼처럼
빠져다니며
내 손목을 흥분시킨다
나는 내 잠을 위해서
쥐새끼는 쥐새끼의 생존을 위해서
치고, 갈고 …
지나 내나
오늘밤 결투는 필사적이다

봄소식

산수유꽃이 피었습니다

개나리꽃도 피었고요

진달래꽃도 피었습니다

당신이 오겠거니 생각했습니다

마당 귀퉁이까지 쓸어두었습니다

굳게 닫혔던 창문도 활짝 열어두었습니다

따스한 햇살 한 줌이라도 더 받아두려고

마당 한가운데를 찾아 의자 하나를 내어놓았습니다

당신이 와서 앉아야 할 자리입니다

첫사랑

혼자
길을 걷다가

문득
시멘트 담벼락에 단단히 박힌
못 하나 들여다봅니다

그냥
가려다
가만
다시 봅니다

아직도 다 녹슬지 않고
내 가슴 한복판에 박혀있는
작은 못 하나

낙엽 한 잎
내 발 앞에서 알짱거리는

가을입니다

가을의 詩

한 잎 한 잎
떨어지는 나뭇잎의 속도를
재어 볼 때가 가을이다

길을 가다가 고개 숙여
이름 모를 풀꽃의 머리도 한번 쓰다듬어 줄 때가
가을이다

내 손가락에 닿는 당신의 머리카락이
한결 순해지고

내 앞에 내민 당신의 커피가
내 입술에 닿아 향긋하게 달아오를 때가
가을이다

마침내,
창에 기대어 책을 읽다가
허겁지겁 밑줄을 그을 연필을 찾을 때
그때가 가을이다

63살 아이, 나의 누이

어머니 돌아가시고,
여드레 만에 누님이 내게
말갛고 흰 손수건만 한
종이 한 장을 내밀었다
어머니가 하도 보고파서 썼다고
좁쌀 같은 글 행간마다 눈물자국만 찍혀 있었다
누님은 올해로 만 예순세 살이다
그런데 아직도 눈물이 삶의 법칙이다
10년 하고도 2년,
꼼짝 못 하고 누워 계신 어머니를
하느님보다 더 깊이 봉양했다
강변 원룸을 오가며
눈발이나 찬바람은 그냥
소풍처럼 맞으며 사셨다
63 살 아이, 나의 누이는
오늘 밤에도 내 앞에서 콧물까지 훔치며
잉걸불처럼 붉게 잉잉거렸다

마음

참새가
서너 마리
콜타르 길바닥에 모여
없는 모이를 쪼고 있었다

달리던 차를
급히
멈췄다

아침 햇살이 눈부신
오월 아침이었다

언젠가 한번은 나도

언젠가 한번은 나도
나에게 행운이 찾아오리라
믿었습니다

함지박만 한 것은 아닐지라도
다만 단추만 한 것일지라도
화내지 않고 담담히 받기로 했습니다

조용히 최선을 다해
나의 손에
나의 땀방울을 채우겠습니다

언젠가 한번은 나도
나에게 행복이 찾아오리라
생각했습니다

나의 어깨를 축 늘어뜨리고
내 무릎을 함부로 꺾지 않는 한

그랬습니다

먹장구름이 온통

푸른 하늘을 뒤덮을지라도

언뜻언뜻 내 하늘에는

햇살 한 줌 비치리라 여겼습니다

어쩌나

어제 저녁에 한 약속을

오늘 아침이면 벌써 뒤집어버린다

오늘도 나는 끙끙대며

내 삶의 밑동에 빨갛게 밑줄을 긋는다

또 내일 해가 뜨면 어쩌나!

최후의 詩
- 故 박영근 시인에게

가진 게 없으니
아무것도 남길 게 없네

그래, 까짓거
잘 살았어

금계랍 같은 네 인생

그냥 이승에
나 왔다 갔다고
슬머시
詩만 한 뭉치 내려놓고 -

참
홀가분하겠네

자수고개의 詩

영주시 풍기읍
자수고개에 가면
김순한 詩人이 산다
아무리 둘러봐도
천상 詩人일 뿐이다
목소리는 누에실
얼굴은 언제나 일곱 살
가을 저녁놀 속
초가집 흙담에 걸린 수세미
사과나무 밭
푸른 하늘을 차고 앉아
구름의 詩를 쓴다
자수고개에 가면
오늘도 맥고모자를 눌러쓰고
바람에 잉크를 찍어
詩를 쓰는 한 사람 만날 수 있다

첫눈

OOO 출판 기념회에 가다

가다가 고갯마루 언덕에서 문득 첫눈을 만나다

내 왼쪽 가슴께 안주머니 하얀 봉투에 넣어 둔

시퍼런 돈 2만 원을 꺼내

그만, 이 씨네 술집에 들어 몽땅 술 마셔버리다

일어나 삐딱하게 문을 열면

반쯤 페인트칠이 벗겨진 삼천리표 자전거 한 대

저 혼자 어정어정 밤눈에 젖고

마흔

실로
오랜만에 만났는데
별로
할 말이 없다
서로 마주보며
맑았던 눈망울만 꿈벅거렸다
만나면 이제
애꿎은 소주잔만 오르내리고
갈수록 입은 귀가 된다
멋쩍게 한 번 씩 웃어보지만
소줏집 백목련 그늘 사이로
쓸모없이 잔주름만 눈가에 불쑥 어린다

어떤 메아리
- 山中問答

- 세상 나쁜 놈
다 죽어라 -

이쪽에서
외치면

아, 글쎄
저쪽에서 돌아오는 말

- 그럼
너부터 죽어라 -

쓰다 만 詩

피었다
자랑할라치면

어느새
사라져버린
꽃송이들

손 흔들며
흔들며

내 얼굴에
잔뜩
주름만 지우고 가는
저 꽃물결

오늘 아침
너에게 주려다
그만
원고지 위에

한 줌 꽃씨로만 남은

아직도 숨 팔딱이는
나의 詩 하나

노래하다

세상의 모든 사람들 잠들어 있을 때
나는 눈 떠 있는 것을 안다
빵과 자유와 고독과 시의 심연 속에서
내가 눈 떠 있는 것을 안다

세상의 나무들 더욱 푸르고
밤마다 별은 더욱 내 팔 가까이에 내려와
나의 창에서 반짝이고
나의 모든 근육들이 소리 높여 오늘을 노래할 때

나는 외치련다, 노래하련다
바닷가 조개처럼 반짝이는 햇빛 속에서
나는 아직 살아 있다고
우리의 생은 더욱 고귀해질 것이라고

나는 느낀다
세상의 모든 지붕들 고요히 잠들어 있을 때
빵과 사랑과 이상과 고통의 여울 속에서

내가 눈 떠 있다는 것을

순간순간 쉬지 않고 돋아나는 풀잎처럼

성묘省墓

정직하게 살아야지
아버지 앞에 무릎 꿇는다

옆에서 실눈을 뜨고
아들 녀석이 나를 째려보며
히 - 웃는다

- 착하게 살아야지
- 그렇게 살아야지

언제 들었는지
녀석이 또 삐죽 입술을 내민다

내 등 뒤에서
소나무 몇 그루
부르르 몸을 떤다

만 10년 만에 다시
아버지, 하고 불러놓고

다시 한 번
오지게 무릎 꺾는다

- 세상만사 어디
마음먹은 대로 되어야지요 -

산비둘기 몇
꾸꾸루르…
그만 산을 넘는다

제4부

선운사 동백 한 그루

봄, 벗꽃 그늘 아래서

참,
서럽네

달빛 아래
혼자
강둑을 절뚝이며

그 벗꽃 그늘에 담겨
흘러간다는 게

저 저린 분홍빛
잎잎이 헐렁해진 내 신발을
쓰다듬네

저 달빛,
몇 천 번 꽃잎에 닿아야
내 설움 다 닦아주려나!

목련 피는 날에는

목련꽃
저렇게 흐드러지게 피는 날은
그만,
찬 이불 꼭 뒤집어쓰고
한 사나흘 울고 싶네

지 울음 다 울고
마침내 마지막 한 방울로
헹궈 낸 꽃

새까맣게
입술이 타네

선운사 동백 한 그루

선운사 입구에 오면

동백나무 한 그루 질펀하게 피었는데요

옷고름 살짝 풀어헤치고 헤 웃고 있는데요

웬 범나비 호랑나비 날아들어

전라도 육자배기 절로절로 흘러나오는데요

깜짝이야! 서산마루 지던 해도

제 하던 일 몽땅 제쳐두고 들여다보는데요

저만치서 꽃잎은 자꾸자꾸 몸이 달아서

미치도록 내게 손짓하는데요

부석사에서

내가 얼마나 당신을 그리워했는지
부석사 무량수전 까맣게 손때 묻은 나무 기둥에 와서
비로소 알게 되었습니다

때때로 내 마른 어깨를 짓누르는 삶을 비워버리고
산노을처럼 잠겨가는 독경소리에
왼종일 귀 기울이고 싶어집니다

이름 모를 새 한 마리 날아오르는
머리 위 푸른 기와지붕 사이로
하늘 더욱 멀어지고
바람은 저 혼자 풍경을 흔들다 돌아갑니다

내가 당신을 얼마나 사랑했는지
부석사 뒤뜰에 와서 눈물처럼 고이는
마른 나뭇잎을 밟다보면 알게 됩니다

계곡 단상
 - 예천 수심대에서

아무래도 계곡은 깊이보다
넓은 수심水深을 가졌다
흐르는 물결 사이사이로
물소리보다는
매미 소리가 더 파란만장
계곡 물소리를 채우고 있었다
파도치는 내 삶이 그렇다
하루하루 잔물결 소리로 번지다가
어느 날 문득 폭포수 앞에서
뚝, 떨어지는 수심水深을 가졌다

구룡포

구룡포에 가면
바다는 없다

오늘도
그물코 사이로
지친 삶을 꿰매는
사내들만 보인다

비린 저녁노을 속,
검푸른 수평선만이
사내들의 어깨 너머에서
용광로처럼 들끓고 있다

텃밭

우리 집 옆 마당 텃밭에
상추 씨앗 몇 알 뿌리면서
내 삶이 한결 부드러워졌다
사소한 일에도
자주 화를 내던 것도 사라졌고
살면서 늘어나던 거짓말도
거짓말처럼
조금씩 줄어들게 되었다
아침마다 물뿌리개를 들고
텃밭에 물을 주면서
아침 햇살 고마운 줄도 다시 알았다
아침 훈장같이
내 이마에 땀방울 방울방울 달아주는
오늘 아침 텃밭은 나의 부처다

청량사清涼寺 바람소리

세상만사 한번 잊어버리려고
청량사엘 올랐더니
웬걸,
산골짝마다 솟구치는 바람들이
마구 내 따귀를 후려갈긴다
- 이놈아! 무슨 소리야
산다는 게 그리 호락호락 하더냐 -
비스듬히 기운 청량사 풍경風磬 사이로
바람소리 더욱 세차게 선線을 긋는다.
멀리 머리 조아린 한 사내 합장한 손끝에서
그만 삶은 되려 좀스러워진다
- 산다는 것
살아있다는 것
그거 하나만 해도 축복인 게야, 이놈아! -
가파른 외나무다리 건너듯
청량사 내려오는 길
내 등 뒤에서 부처님 씩-웃으시네

부석사 무량수전

날은 흐리고
석등 아래 풀숲에서
다람쥐 한 마리
이제 막 잠을 깬 듯
아침 이슬에 제 얼굴을 부비고 있다
마당 가득
독경 소리 번지는
무량수전 너른 뜰
이승의 사람들 머리 조아려
노스님 설법에 귀를 씻고 있다
또르르
아직 덜 마른
이슬 몇 방울
낮은 바람에 꿰이고 있다

앉은뱅이꽃

허리를 굽히면 보이는 꽃

꼿꼿하게 서서는 볼 수 없는 꽃

좀 더 낮게낮게 고개를 숙이고

무릎을 꺾으면 보이는 꽃

어느 봄날

길모퉁이를 돌다가

오금이 저리도록 들여다보는 꽃

참나무

내 삶이 아무리 무거워도
아직 한 번도 휘어지거나
굽어져 본 적이 없다

그대여
귀 기울여라!

바람이 불 때마다
쏴쏴 -
내 앞에서
더욱 세찬 물소리를 내는

한 그루
나무!

단풍 보다가

나는
뜨거운 사람보다
따뜻한 사람이 되고 싶다

단풍나무에
한 잎 한 잎
단풍 물들 듯

오늘도 나는
너에게
그렇게 스며들고 싶다

고추잠자리 한 마리가

새파랗게
하늘 내다뵈는
우리 집 앞마당

늦가을
뼈만 남은
감나무 가지 위에
고추잠자리 한 마리

아침부터
여린 날개를 접고
꼼짝달싹도 않네

모질고 힘든 세상
참선이라도 하려는 걸까
지그시 큰 눈을 감고
바람이 거칠수록
바싹 더 날개를 오므리네

담 밑으론
동네 개구쟁이 녀석들
하나 둘
돌 던지며 지나가고

풍기 삼가동 계곡 물소리

예 와서
새소리
바람소리 섞어
물소리 듣는다

먼 데 산 너머
빈 목탁 두드리는 소리
산마루를 넘어오고

마음은 어느새
내일 일을 잊었다

물이 좋아
하얀 물소리가 좋아
바위틈에 가만 귀대어보고

행여 이 물소리 끊어질까
담그던 손 도로 움츠린다

리어카와 수박

언덕 위
하루치의 삶을
리어카 수박 위에 실어놓고
한 사내
구름처럼 흘러간다

여름 땡볕 아래
금간 그의 생애처럼
살짝 옹이 진 수박들

그래도
저희들끼리 몸 부비며
히히덕거린다

갈수록 하늘은
더욱 시퍼렇게
불타오르고

詩生

따지고 보면
詩 쓰는 데 20년
그것 다듬고 고치는 데 3년
결혼하고 애들 키우고 잔소리하는 데 10년
(다 키우고 나니 지들 스스로 컸다고 꽥꽥거리지만)
마누라 눈치보고 다독이고
으르고 빌고 소리치고 던지고 깨고
이러다보니 23년이 홀딱
아참, 더 있지
그거 하는 데 18년
그동안 나는 푸른 하늘을
몇 번이나 쳐다보았던가
그 동안 나는
우리 집 앞마당에 핀 꽃송이에
몇 번이나 물을 주었던가
그래 이제 남은 건 오직 하나
내 손바닥에 쓰는

空手來 詩手去

낮은, 버려진 존재에 대한 겸손과 사랑

이하석 시인

권화빈은 독서운동가로 자신을 늘 소개한다. 그와 처음 만나 건네받은 명함에도 '독서운동가'가 이름 옆에 적혀 있었다. 독서와 관련된 몇 가지 직함들도 함께 소개되어 있었다. 그는 영주에 살고 있는데, 이 소도시에서 '독서 운동'으로 다방면의 활동을 하고 있기도 하다. 대학의 평생교육원이나 복지관, 대학 강단 등에서 독서와 시를 소개하고, 강의하기도 한다. 독서클럽을 만들어 운영하기도 하고, 좋은 어린이 책 보내기 운동에도 참여한다. 서점의 문학 활동에도 관여한다. '권화빈과 함께 떠나는 문학기행'이란 프로그램도 그의 이력 속에 들어 있다. 그가 주관하는 행사들에 나도 한 번 참석하여 강연을 한 적이 있는데, 그 인연에

다 함께 대구경북작가회의 회원으로 활동한다는 인연으로
이 글을 쓰고 있기도 하다.

　독서는 책을 통해 지식과 정보를 얻고 인간관계의 이해
를 도우며 사물에 대한 사고의 틀을 넓혀주는 활동으로 정
의되곤 한다. 그런 면에서 지식과 학문, 예술은 물론 교양
의 중심적인 것이다. 그러나 이와 친하기는 쉽지 않다. 더
욱이 독서를 체계적으로 수용하고, 실천하기는 어렵다. 이
를 극복하고 꾸준히 책 읽기를 권장하고 북돋우는 것은 그
래서 필요하고, 시민들을 위한 여러 독서 관련 프로그램도
그래서 긴요하다. 특히 요즘 들어 시민들의 지식욕구와 문
화에 대한 관심도가 높아지는 상태에서 책 읽기 프로그램
이 많아지고 있는 추세다. 영주 같은 소도시에서도 독서 열
기는 꾸준히 증가 추세라고 한다. 권화빈은 그러한 열기를
강하게 느끼면서 그 열기를 지피는 이라고 할 수 있겠다.
물론 그러한 일들은 쉽지 않다. 특별히 수입이 보장되는 것
도 아니고, 지원책도 크게 기대하기 어렵다. 더욱 그 성과
가 당장 빠르게 두드러지게 나타나는 것도 아니다. 그런데
도 불구하고 이런 일에 열성을 보이는 것은 지역 문화에 대
한 관심이 크거나, 독서에 대한 믿음이 커서 이를 통해 문
화를 확산하고, 심화시키는 데 한몫을 할 수 있겠다는 믿음
때문일 거라고 나는 믿는다.

그런 그가 뒤늦은 나이지만, 시인으로서 첫 시집을 내는 건 퍽 의미 있는 일로 보인다. 그가 해온 독서운동가로서의 이력에 중요한 매듭을 짓는 증표이기도 하지만, 소박하지만, 독서운동을 하는 틈틈이 써 모은 시들을 묶은 시집의 출간이 자신이 펼쳐보였던 문화 운동의 한 실천으로 여겨질 수도 있기 때문이다.

무엇보다 그의 시집 원고를 읽으면서, 구사하는 말들이 참 쉽게 와 닿는구나라고 느낀다. 시집 앞에 붙이는 '시인의 말'에서 그는 "내 시는 쉽다"고 아예 단정하기도 한다. "너무 깊게 언어의 지층으로 내려가 언어의 살을 파먹지 말기를 바라"기 때문이라고도 강조한다.

기실 문학, 특히 시를 대하는 데 있어서 쉽고, 어려움을 경직하여 따질 수도 없고, 그것이 굳이 구분될 수도 없다. 문학, 그 중의 시란 것도 자신이 몸담고 있는 현실에 대한 인식과 대응의 소산이기 때문이다. '내'가 발 딛고 선 이 현실을 어떻게 이해하고 수용하면서 언어로 대응하는가를 격렬하고도 예민하게 보여주는 게 시라는 말이다. 특히 다양하고도 복잡하게 얽힌 작금의 현실 속에서 문학 상황 역시 일률적으로 규정하긴 어렵고, 이를 '쉽게'라는 말로 요구하는 것은 자칫 오해를 살 우려도 있다. 그럼에도 불구하고 그가 쉬운 시를 강조하는 것은, 아마도, 문학 운동의 일선에서 자주 맞닥뜨려온 소통의 문제와 관련이 있으리라는 생각을 한다. 그가 쉬운 말의 구조로 시를 드러내야겠다고 여기는 것은 독자와의 소통에 대한 소박한 꿈 때문일 수도 있겠다. 하긴, 어느 시대에나 이런 문제에 대한 찬반 의견이 갈라져 있어왔다. 쉬운 시를 더 신뢰하는 편에 서려는 권화빈의 생각은 한 편에 치우쳐진 생각일 수도 있다. 그러면서도 말이 어려운 시대일수록 더욱더 쉽고 간명하게 의사를 전달하려는 욕구도 커지는 것이기 때문에 그런 입장을 옹호하는 것도 이유가 있겠다고 여겨지기도 한다. 어쨌든, 그렇다고 해서, 그의 시가 마냥 쉽게만 쓰여졌다고 여겨지지는 않으며, 더욱이 그 내용이 만만한 것이 아님은 물론이다.

나는
뜨거운 사람보다
따뜻한 사람이 되고 싶다

단풍나무에
한 잎 한 잎
단풍 물들 듯

오늘도 나는

너에게

그렇게 스며들고 싶다

- 「단풍 보다가」 전문

그의 시집에는 이런 지극한 마음이 곳곳에서 드러나고 있다. 아주 쉬운 말로 하는 것 같지만, 그 지극한 태도의 표명 때문에 그의 말이 녹록하지 않게 들린다는 게 아이러니컬하다. 이 시의 중심 말은 '따뜻한'이다. 그가 지향하는 '따뜻한'이란 말에는 방구들을 지피는 군불 같은 은근하면서도 행복감을 자아내는 감성이 배어 있다. 그 은근하면서도 행복감을 자아내는 감성은 화르르 타오르는 뜨거움 보다(그런 뜨거움은 또 한순간에 식어버리기도 하지 않는가!)는 더 오래, 더 절실하게 우리를 감싸고 위무한다. 그것은 '한 잎 한 잎/ 단풍 물들 듯' 그렇게 '너에게 스며든'다. 이 그윽한 상응! 이 시집에는 이런, '너에게 스며드는' 따뜻한 기운이 짙게 배어있다.

허리를 굽히면 보이는 꽃

꼿꼿하게 서서는 볼 수 없는 꽃

좀 더 낮게낮게 고개를 숙이고

무릎을 꺾으면 보이는 꽃

어느 봄날

길 모퉁이를 돌다가

오금이 저리도록 들여다보는 꽃

- 「앉은뱅이꽃」 전문

그가 설레며 다가가는 '너'는 뜻밖에도 하찮고 버려진, 눈에 잘 안 띄는 세계의 존재지만, 그럼에도 불구하고 그 자체로 아름다운 존재임을 그는 절실하게 인식하고 보여주려 애쓴다. 그래, 앉은뱅이꽃은 길모퉁이를 돌다가 발견하는 변방의 미미한 존재에 불과하다. 그러나 그것이 그의 눈에 띄는 것은 그것이 결코 잊히거나 버려질 수 없는 나름의 절대적인 생명의 존재이며, 그렇기 때문에 그 존재가 있는 곳이 바로 또 하나의 세계의 중심임을 믿기 때문이다. 그 낮은 존재를 대하는 태도가 지극할 수밖에 없는 것은 그런 존재성의 인식 때문이다. 그 세계는 '허리를 굽혀야' 보이며, 낮게 고개 숙이고, 무릎을 꺾어야 보인다고 여기는 태도 역시 그러하다. 더 나아가 그것을 보는 모습이 '오금이 저리도록' 무릎을 꺾는 지극한 겸손의 태도에 의해 압도적으로 확인된다. 이 지극한 대함과 접근의 태도는 세상의 모든 존재가 극진한 자기 겸손에 의해서만 구현되는 것임을 강조하는 것이다. 어떤 시인은 꽃을 두고 "자세히 보아야 예쁘다"면서 "당신도 그러하다"는 아름다운 시선을 드러냈는데, 그에 못지않게 이 시는 버려진 존재의 아름다움에 다가가는 지극한 겸손의 태도를 보여준다는 점에서 감동적이다.

사람은 물론 뭇 존재를 대하는 '따뜻함'과 지극한 겸손의 태도는 이 시집을 관통하는 중심 기운이면서 이웃들은 물론, 함께 살아가는 우리 주위의 모든 존재들과 연대하는 '나'의 연민의 힘이 되기도 하다. '내'가 그리는 것은 '나'와 대척점에 있으면서도 서로 그리워하는 존재로서의 '당신'이며, 그런 면에서 이 시집은 '당신'을 그리는 연가이다. 그 연가의 앞자리에 놓이는 시가 다음의 시라고 할 수 있겠다.

　　산수유꽃이 피었습니다

개나리꽃도 피었고요

진달래꽃도 피었습니다

당신이 오겠거니 생각했습니다

마당 귀퉁이까지 쓸어두었습니다

굳게 닫혔던 창문도 활짝 열어두었습니다

따스한 햇살 한 줌이라도 더 받아두려고

마당 한가운데를 찾아 의자 하나를 내어놓았습니다

당신이 와서 앉아야 할 자리입니다

- 「봄 소식」 전문

'당신'을 그리는 태도가 명백하게 지극하다. '나'는 사랑하는 '당신'을 맞기 위해 모든 준비를 다 한다. 그냥 막연하게 기다리는 게 아니라, 보다 적극적으로 맞을 준비를 성실하게 다 하면서 기다리는 것이다. 마당을 쓸고, 창문을 열어놓는다. 마당 한가운데에 의자도 내어놓는다. 햇살이 잘 드는 그 자리는 '당신'이 와서 앉을 자리다. 그 자리는 설레며 기다리는 봄소식의 구체적인 현현의 자리이며, '내' 사랑이 화안하게 피어날 자리다. 천지가 꽃 세상으로 피어나는 날에 맞이할 가장 아름다운 존재의 자리를 '내'가 지극한 마음으로 설레면서 정성껏 마련하는 것이다.

'당신'은 어떤 존재일까?

내가 따뜻한 마음으로 지피는 그리운 존재이면서, '앉은 뱅이꽃'처럼 변방에 버려졌으나 내버려진 그 자리가 바로 우주의 중심자리임을 절로 보여줌으로써 '나'와 함께 이 세상에 있어야 할 '존재성'을 아름답게 피워내는 세계이 기도 하다. 자신을 아주 낮추어야 보이는 민감하면서도 엄 연한 자리이기도 하다. 그는 그런 사랑을 보듬고 위무하는 데는 서로를 대하는 지극한 태도를 우선적으로 가질 때 가 능해진다는 걸 계속해서 신뢰하고 믿는다. 그 시선도 남다 르다.

    나는 사람의

    앞모습보다

    옆모습을 더 사랑한다

어제도 그랬고

오늘도 그렇고

또 내일도 그럴 것이다

옆모습이

늘

앞모습보다

눈물 냄새가 나기 때문이다

- 「옆모습」 전문

옆모습은 앞모습보다 솔직하고 정직한 모습이기에 '진면목'에 더 가깝다고 믿는 듯하다. 앞모습은 누구나 시선을 주는 중심이기에 더 잘 보이려고 꾸미거나 화장한 상태가 되기 십상이므로 본래 모습이 많이 왜곡되어 있기 쉽다고 여기는 것이다. 그보다는 꾸밈이 덜하거나 덜 신경을 쓰는 옆모습이나 뒷모습에서 오히려 그 사람의 진실한 면모가 더 잘 드러난다는 것이다. 이러한 시각을 통해 존재의 진실한 모습을 있는 그대로 인정하면서 더 가까이 하려는 것이다. 특히 옆모습은 앞모습보다 '눈물 냄새'가 난다는 데서 그런 시각의 강조가 두드러지는 느낌이다. 눈물은 감정의 진실한 표출이라 여기는 것이리라. 사람과 사람 간의 소통과 교감이 진실을 나누는 데서 이루어져야 한다는 소박한 바람을 드러낸 말이라 할 수 있다. 그러한 바람의 시각이 어떤 순간에만 국한되는 것이 아니라, 과거에도 그러했고, 지금도 그러하며, 앞으로도 그럴 것이라는, 꾸준하게 한결같이 이루어져야 한다고 다짐하는 자세가 믿음직스럽다.

그는 '독서운동가' 라 내세우는 자신의 이름으로 낸 시집이 개인적인 말놀이에서 벗어나 좀 더 쉽게 이웃들에게 다가가기를 꿈꾼다. 그러면서 한 편으로는 소박하지만 간절한 사랑을 노래하는 시집을 내려고 애쓰는 듯하다. 그 사랑은 요란하게 치장되지 않은 채 따뜻한 마음으로 우러나서 상대를 행복하게 덥히는 것을 지양한다. 그리하여 그 사랑은 하찮고 버려진 존재가 실은 우주의 중심임을 인정하는 뭇 생명에 대한 연민의 아름다움으로 승화된다. 이를 위해 끊임없이 자기를 낮추면서 겸손하게 무릎을 꿇는 태도를 이어가려고 노력한다. 그러한 태도를 통해 세계와 하나 되면서, 서로 극진하게 소통되는 사랑의 관계를 유지할 수 있다고 믿는 것이다. 그러면서도 자기 자신에게는 엄격하게, 잠시도 마음이 느슨하지 않고 나태해지지 않도록 다그치는 자세를 잃지 않는다. "날이 흐려질수록/ 나뭇잎들은 더욱 푸르러진다/ 짙은 구름 속에 숨겨진 햇살을/ 보고 있기 때

문이다/……/ 모질고 거친 세상/ 갈수록/ 사람 냄새 그리워
지듯/ 날이 흐려지면 흐려질수록/ 나뭇잎들은 제 이파리를
더욱 시퍼렇게 펼쳐 보이"(「흐리면 흐릴수록 나뭇잎은」)는
걸 강조하는 건 그 때문이다.

오후 세 시의 하늘

초판 발행 | 2018 년 11월 17일

지은이 | 권화빈
펴낸이 | 신중현
펴낸곳 | 도서출판 학이사
　　　　출판등록 : 제25100-2005-28호
　　　　주소 : 대구광역시 달서구 문화회관11안길 22-1(장동)
　　　　전화 : (053) 554~3431,3432
　　　　팩스 : (053) 554~3433
　　　　홈페이지 : http : // www.학이사.kr
　　　　이메일:hes3431@naver.com

이 도서의 국립중앙도서관 출판예정도서목록(CIP)은 서지정보유통지원시스템 홈
페이지와 국가자료공동목록시스템(http://www.nl.go.kr/kolisnet)에서 이용하실
수 있습니다.(CIP제어번호: CIP2018035379)

ISBN _ 979-11-5854-155-2　03810